Mein schmutziges Hobby

Impressum

Vorwort:

Sehr verehrte Leser,

vielen Dank für den Erwerb meines Buches.

Mein schmutziges Hobby ist ein erotischer Kurzroman.

Doch nun zu meiner eigentlichen Person. Mein Name ist Dunja Romanova. Ich wurde 1982 in der ehemaligen Sowjetunion geboren. Seit meiner Kindheit habe ich Geschichten aller Art geschrieben. Je älter ich wurde, desto stärker wurde mein Wunsch, erotische Geschichten zu schreiben. Und das tue ich jetzt.

Ich halte mich an keine festen Konventionen. Keine starren Ideen oder allgemeine Sichtweisen. Manchmal schreibe ich aus der Sicht einer Frau, manchmal aus der Sicht eines Mannes. Weil meine Geschichten für beide Geschlechter gemacht sind.

Ich hoffe, meine Leser mit meinen "Werken" glücklich zu machen. Und zu erotischen Handlungen zu inspirieren. Die nachfolgende Geschichte ist zum Teil frei erfunden. Doch ein großer Teil basiert auf meinem eigenen Leben.

Deine Dunja

Mein schmutziges Hobby

Margitta und Bernd waren seit fast 25 Jahren verheiratet. Margitta war jetzt 46 und Bernd knapp 50. Sie hatten drei Kinder zusammen, die fast alle aus dem Haus waren. Sie hatte ein Haus gebaut, Bernd war selbstständig und Margitta war Hausfrau. Sie vertrugen sich, bis auf die üblichen Probleme einer langen Ehe noch recht gut. Margitta war eine tolle Frau, die sich auch immer noch sehr pflegte. Sie war 1,76 groß, hatte eine sehr frauliche Figur. Sie war schlank, aber ihre extrem großen Brüste brauchten zusätzlichen Halt und so trug sie nur BHs mit doppeltem Verschluss.

Im Sommer war das lästig, aber jetzt war Herbst und somit auszuhalten. Ohne BH konnte sie nicht gehen. Sie war immer gut drauf und liebte es, wenn etwas passierte. Deshalb war ihr der eingelaufene Ehe Alltag manchmal etwas langweilig, aber was soll es, dachte sie immer. Mit ihrem Mann war sie soweit zufrieden und sexuell lief es auch noch gut. Margitta war allerdings manchmal unersättlich. Das Problem hatte sie, seit sie sich sterilisieren ließ. Wenn sie Sex mit ihrem Mann hatte, konnte sie manchmal einfach nicht aufhören.

Er war immer recht schnell fertig, so dass sie oft unbefriedigt blieb. Das war das Einzige, was sie störte. Früher war sie zwei- oder dreimal fremd gegangen, weil sie die Befriedigung brauchte, heimlich natürlich. Sie hatte damals einen Freund, mit dem sie sich mitunter traf, aber das war leider vorbei. Manchmal dachte sie daran, denn es war immer sehr aufregend und es fehlte ihr etwas.

Alles lief gut, bis vor ca. 3 Monaten. Sie hatte schon bemerkt, dass ihr Mann nicht so war wie sonst. Er war sehr bedrückt, hatte viele

Gespräche mit der Bank, kam immer sehr aufgewühlt von diesen Gesprächen. Dann blieb das regelmäßige Geld aus und eines Tages musste er eingestehen, dass sie pleite waren. Für Margitta stürzte die ganze Welt ein. Damit hatte sie nicht gerechnet. Sie war dem Geld auch immer sehr zugetan und kleidete sich gut. "Und was machen wir jetzt?" hatte sie Bernd gefragt.

Der hatte nur mit den Schultern gezuckt und gesagt "Irgendwie geht es weiter, ich lasse mir etwas einfallen". Es verging Woche um Woche und die Verbindlichkeiten wurden größer. Er fand keine Lösung. Nach zwei Monaten wurden sie von der Bank eingeladen zum Gespräch. Der Angestellte sagte ihnen klar und eindeutig, dass ihre Schulden immer größer wurden und sie aus dem Haus müssten, wenn sich nicht schnell etwas ändern würde. "Wir brauchen Geld" hatte Margitta dann zu Bernd gesagt.

"Ich kann nicht" sagte er. "Aber du musst" hatte sie verzweifelt gesagt. Daraus hatte sich dann ein saftiger Streit entwickelt. "Dann versuch du es doch" hatte Bernd gesagt. Alles kam nun zusammen und sexuell lief gar nichts mehr. Margitta wurde immer unzufriedener, außerdem hatte sie große Angst vor der Zukunft. Sie dachte nach, was man machen konnte. Margitta begann Stellenanzeigen zu lesen. Nichts war dabei was ihr zusagte, außerdem waren die Zeiten schlecht. Es war kaum ein Job zu bekommen und wenn dann für wenig Geld. Vor ein paar Tagen saß sie wieder vor ihrer Zeitung, ohne Ergebnis. Da klingelte es.

Eine Bekannte kam, die sonst immer recht neidisch war. Margitta freute sich trotzdem und schüttete ihr ganzes Herz aus. Sabine, ihre Bekannte, war zwar auch verheiratet, war aber trotzdem schon immer scharf auf Bernd. Margitta wusste davon, gab aber nichts darauf. Na, dachte Sabine, das geht doch nicht gut. Vielleicht hast du ja jetzt eine Chance bei Bernd. Zu Margitta sagte sie allerdings etwas anders.

"Du" sagte sie "ich weiß vielleicht etwas". "Was?" fragte Margitta erwartungsvoll. "Ich kenne die Inhaber einer Filmproduktionsfirma sehr gut. Der Seniorchef ist 65, der Junior gerade mal 30. Die suchen für ihre Firma eine clevere und gutaussehende Mitarbeiterin, mittleren Jahrganges. Ich kann mir vorstellen, dass du dafür die ideale Frau bist". "Ist der Job noch frei?" fragte Margitta aufgeregt. "Der ist noch frei" sagte Sabine. "Noch vor zwei Tagen haben die mich gefragt, aber ich habe meinen Job, die zahlen übrigens sehr gut". "Was machen die denn für Filme" fragte Margitta.

"Das weiß ich nicht" log Sabine. Sie wusste genau, dass dort harte Pornos produziert wurden, in denen mit den Frauen nicht zimperlich umgegangen wurde. Lasse sie mal kommen, dachte Sabine und hoffte auf eine kleine Intrige. "Oh" sagte Margitta "kannst du mal fragen". Schön, dachte Sabine, ich habe dich an der Angel. "Natürlich" sagte sie "hast du ein Bild von dir? Ich sage dir dann Bescheid". "Ja natürlich" sagte Margitta ahnungslos "Ich gebe dir ein Bild, auf dem ich ganz zu sehen bin". "Das ist gut und schlau" sagte Sabine darauf. Sabine wusste, dass der Seniorchef und der Junior die Frauen selbst ausprobierten. Beide waren ziemlich rabiate Kerle, aber das musste man in dem Geschäft wohl sein, dachte sie.

Mich haben die auch angemacht, dabei ist der Alte, mit seinem vielen Geld, dass er immer als Druckmittel einsetzt, der Schlimmste. Der junge Chef ist eher körperlich gewalttätiger. Beide hatte sie gespürt, vom Jungen hatte sie immer noch blaue Flecke an ihren Schenkeln, so hart hatte der sie gestoßen. Aber sie hatte dort Geld geborgt und musste das auf die sexuelle Art abarbeiten. Sie hatten "Mitarbeiter", die das sonst eintrieben. Vielleicht lassen die mich in Ruhe, dachte sie, wenn ich ihnen neues leckeres Fleisch bringe.

Bernd hatte ihr einmal erzählt, wie unersättlich Margitta in sexueller Hinsicht war. Am nächsten Tag ging sie zu der Filmfirma und ließ sich beim Senior melden. "Na" sagte der zu ihr "du bist ja schon wieder hier, hast du schon wieder Lust?". Grob fasste er ihr dabei mit beiden Händen an die Backen, drückte sie kräftig und zog sie an sich. "Ihr sucht doch eine neue Mitarbeiterin, die nach etwas aussieht" sagte sie. "Ich habe da was Tolles für euch, die Frau eines guten Bekannten von mir". Sie erzählte ihm die ganze Geschichte von Margitta und Bernd und von dem Druck, unter dem sie standen.

"Interessante Grundvoraussetzungen" sagte der Alte und lachte. Er war ein großer und kräftiger Mann und wog ca. 130 kg. "Wie sieht sie denn aus?", fragte er. "Tolle Frau" sagte Sabine sofort "ich habe ein Bild von ihr". Sie zeigte dem Senior Margittas Bild. Auf dem Bild hatte sie ein leichtes Sommerkleid an und stand an eine Mauer gelehnt. Ihre großen Brüste waren sehr gut zu sehen, der Rock des Kleides wurde durch den Wind zwischen ihre Beine gedrückt, die sie leicht gespreizt hatte. "Hm" machte der Senior, "nicht schlecht.

Sieht sie immer noch so aus?". "Ja" sagte Sabine "das Bild ist von diesem Sommer". "Sie soll sich bewerben" sagte er. "Wenn das klappt, ist dann für mich alles in Ordnung?" fragte Sabine. "Mal schauen" sagte der Alte "wenn der Junior einverstanden ist und du deine Sache gutmachst". Noch am gleichen Abend rief sie Margitta an und sagte ihr, dass sie sich schriftlich bewerben soll. Margitta setzte sich gleich hin und schrieb, sehr aufgeregt, ihre Bewerbung und weil sie nicht genau wusste, was sie machen sollte, schrieb sie Allgemein und dass sie für Alles gut zu gebrauchen ist. Beide Chefs der Firma lasen die Bewerbung und lachten. "Die lassen wir erst mal ein Bisschen zappeln" sagte der Alte.

Der Junior war damit einverstanden. Tage vergingen und Margitta machte sich keine Hoffnung mehr. Sabine war nicht zu erreichen und die Probleme wurden immer größer.

Ihr Mann Bernd saß in seinem Haus Büro, da klingelte plötzlich das private Telefon. Margitta nahm in der Wohnung ab und meldet sich. "Mein Name ist Hermann Lutz. Sind sie Frau Margitta Boll?" fragte eine Männerstimme. "Ja" sagte Margitta. "Sie haben sich bei uns beworben" sagte darauf der Mann. Margitta war sofort aufgeregt. "Ja" sagte sie "habe ich denn eine Chance?". "Wenn sie Keine hätten würde ich nicht anrufen. Es kommt ganz auf sie an" sagte er. "Haben sie Zeit sich Morgen persönlich bei uns vorzustellen?". "Ja sicher" sagte Margitta "wann soll ich denn zu ihnen komme?". "Nun, so gegen 16.00 Uhr wird es bei uns ruhiger. Uns kommt es auf Sachkunde an, aber auch auf das äußere Erscheinungsbild. Sie müssen unsere Firma in der Öffentlichkeit repräsentieren. Also richten sie sich danach. Wir wollen eine Frau sehen, kein Hausmütterchen" sagte der Mann.

"Sicherlich" sagte Margitta "ich freue mich".

"O.k." sagte er "bis Morgen". Margitta war ganz aufgeregt und lief zu ihrem Mann. "Du" sagte sie erfreut "ich habe Morgen ein Vorstellungsgespräch. Was soll ich nur anziehen". "Dir fällt doch immer was ein, denk daran, das sind Männer. Da kommen Hosen nicht gut". Ja, dachte Margitta, er hat Recht. Du musst fraulich und gleichzeitig schick und sexy wirken. Sie wühlte in ihrem Kleiderschrank und fand, was sie suchte. Am nächsten Tag war sie noch aufgeregter. Gegen Mittag ging sie unter die Dusche. Dabei hatte sie sich manchmal selbst etwas berührt.

Auch Heute war sie erregt, vielleicht auch durch das bevorstehende Gespräch. Als sie sich wusch, berührte sie ihre Brüste etwas härter und sofort wurden ihre Brustwarzen steif. O Gott, dachte sie, dir ist schon wieder richtig nach Sex, ich habe so große Lust, was mach ich nur. Sie schob sich zwei Finger zwischen ihre großen Schamlippen und begann leicht ihren Kitzler zu massieren. Ihr Atem wurde dabei immer schneller.

O Gott ist das schön, dachte sie, aber jetzt ist Schluss, treib es Heute nicht bis zum Ende, du hast etwas Wichtiges vor. Sie lehnte ihr erhitztes Gesicht gegen das Fließen und keuchte. Dann zog sie sich ein schwarzes Seidenhöschen an, dazu einen leichten weißen BH und schwarze halterlose Strümpfe. Einen ihrer großen BHs wollte sie Heute nicht anziehen, wusste aber, dass das gewagt war, denn ihre großen Brüste bewegten sie so toll beim Gehen und weil die dann im BH scheuerten, wurde ihre Brustwarzen einfach oft steif und dann war es immer schlimm. Egal, dachte sie, Heute nimmst du den Leichten.

Darüber kam ein schwarzer enger Rock mit einem Schlitz an der Seite und eine weiße Bluse mit rundem Ausschnitt, in dem die Ansätze ihrer großen Brüste sehr gut zu sehen waren. Ihre schönen Lippen waren rot, die Augenlieder blau geschminkt, die Haare frisch und rot gefärbt. Als sie sich im Spiegel sah, war sie zufrieden. Sie zog einen Mantel über und stöckelte auf ihren hohen Hackenschuhen los. "Bis dann" sagte sie zu ihrem Mann "drück mir die Daumen". "Du machst das schon" sagte er. Pünktlich war sie in der Firma und meldete sich an. Der Mann am Empfang stellte sich vor und sah sie sehr neugierig an.

"Jürgen Lutz ist mein Name, ich bin der Junior" sagte er "Sind sie Frau Boll?". "Ja" sagte Margitta aufgeregt. Der Junior war gut 1,90 groß und kräftig und sah gut aus. Netter Typ, dachte Margitta. Er half ihr aus dem Mantel und schaute dabei diskret auf ihre großen

Brüste, die sich sehr deutlich in der leichten Bluse abzeichneten. Margitta merkte, dass ihre Brustwarzen steif waren und deutlich hervorstachen. Wahrscheinlich waren die Nachwirkungen ihrer Selbstbefriedigung, dachte sie. Macht nichts, dachte sie, das macht mich sexy. Der Junior bat sie zu warten, bot ihr einen Stuhl an und war sehr liebenswürdig. Heimlich beobachtete er sie. Man, dachte er, das ist ja ein tolles Weib. Herrliche Titten hat die, schöne lange Beine und einen schönen breiten Hintern, geil dachte er, die müsstest du mal in die Mache bekommen.

Wie die wohl bumst, dachte er und wurde augenblicklich steif. Margitta hatte ihre Beine übereinandergeschlagen. Ihr Rock war eng und deshalb stand der Schlitz an der Seite recht weit auseinander. Sie bemerkte nicht, dass dadurch der Rand ihrer halterlosen

Strümpfe und ein Stück ihrer weißen Schenkel deutlich zu sehen war. Toll, dachte der Junior, das müsste man gleich aufnehmen, vielleicht haben wir nachher die Gelegenheit dazu. "So" sagte er nach einer Weile "dann kommen sie mal mit, mein Vater ist jetzt soweit".

Margitta stand auf, die Aufregung wurde immer größer. Er führte sie in eines der Filmstudios. Überall standen Scheinwerfer und Kameras und ein großes Bett, sowie Matratzen. Komisch, dachte sie, aber egal. "Nehmen sie Platz" sagte der Junior und deutete auf einen Stuhl. Dann wurde sie von dem Senior begrüßt, der sie von oben bis unten genau anschaute. O Gott, dachte sie, der hat Augen, mit denen er einen regelrecht auszieht. Man sprach zunächst allgemein mit ihr und sie hatte einen guten Eindruck.

"Nun" sagte der Alte "sie scheinen für uns recht interessant zu sein, wenn sie alle unsere Erwartungen erfüllen. Wir haben uns natürlich ein Bisschen erkundigt und wissen, dass sie schnell recht viel Geld benötigen. Bei uns können sie, wenn sie wollen, monatlich bis zu 10.000 Euro verdienen." Er ließ seine Worte wirken und sah Margitta aufmerksam an. "So viel Geld" fragte sie ungläubig. "Ja, allerdings erwarten wir dann, dass sie Alles geben was sie haben. Wir haben eine Filmserie mit reifen Frauen ihres Alters aufgelegt, die sehr gut gehen. Dafür wären sie ideal. Wissen sie, was wir für Filme machen?".

"Nein" sagte Margitta aufgeregt. Im Unterbewusstsein und durch das was er gesagt hatte, ahnte sie plötzlich was nun kam. "Wir machen Pornofilme" sagte der Alte und sah sie an. "Ich weiß, dass sie, wenn sich nicht sofort etwas ändert, nächste Wochen aus ihrem Haus müssen und außerdem habe ich von ihrer Bekannten, die sie empfohlen hat erfahren, dass sie in sexueller Hinsicht ziemlich unersättlich sein sollen. Das sind doch gute Voraussetzungen, oder nicht?". Margitta war schockiert. "Soll ich da mitmachen?" fragte sie.

"Natürlich" sagte der Senior "und zwar aktiv und mit Einsatz ihres ganzen Körpers. Umsonst zahlen wir nicht das viele Geld. Wenn sie nicht wollen, dann auf Wiedersehen, dort ist die Tür". Margitta dachte an ihren Mann, an ihre großen Probleme und an die mögliche Lösung dieser Probleme. Gleichzeitig spürte sie, wie in ihr, bei der Vorstellung mit ihrem schönen Körper Geld zu verdienen, Aufregung und Geilheit hochstiegen.

Ihre Brustwarzen waren plötzlich stark angeschwollen und sie spürte zwischen ihren Beinen, dass sie feucht wurde. "Entscheiden sie sich" sagte der Alte "wir haben keine Zeit für langes Hin und Her. Sie brauchen jetzt nichts zu sagen. Wir lassen ihnen 5 Minuten. Wir vermarkten unsere Filme im Ausland, keiner weiß also, was sie machen. Wenn sie einverstanden sind, stehen sie einfach auf". O Gott, dachte sie mit großer Aufregung. Was sollst du machen. Gehen und nicht weiterwissen? Es wird ja keiner erfahren, dachte sie. "Na" sagte der Senior lauernd "Haben sie sich entschieden?". Mit zitternden Beinen stand Margitta auf.

"Schön, ich wusste, dass sie eine kluge Frau sind" sagte der Alte "natürlich müssen wir etwas mehr von ihnen sehen, dann machen wir den Vertrag und sie bekommen einen angemessenen Vorschuss, damit sie ihre Probleme regeln können". "Was soll ich denn machen?" fragte Margitta zitternd und aufgeregt. "Drehen sie sich um wir wollen ihre

Beine sehen". Margitta dreht sich langsam um. "Sehr schön" sagte der Alte "und nun ziehen sie langsam ihren Rock hoch". Margitta war so erregt, dass ihre Brüste im BH weh taten. Langsam und schüchtern zog sie ihren Rock hoch.

"Höher" sagte der Alte "bis über die Hüften". Sie zog ihren Rock ganz hoch und zeigte den Beiden ihren schönen Hintern. "Bücken sie sich und spreizen sie dabei ihre Beine". Margitta bückte sich weit nach vorn. Von hinten war jetzt schön ihr Hintern in dem schwarzen Seidenhöschen zu sehen. Außerdem zeichneten sich ihre dicken und geschwollenen Schamlippen im Höschen ab, so dass sie zwischen ihren Schenkeln ganz dick war. Sie hörte, wie Beide scharf Luft holten. "Sehr schön" sagte der Alte "ziehen sie ihr Höschen aus und setzten sie sich auf den Stuhl".

Margitta zog langsam ihr Höschen aus und setzte sich. "Spreizen sie ihre Beine". Margitta öffnete nun langsam und zögerlich ihre Beine. "Weiter, weiter, wir wollen etwas sehen" sagte nun der Junior und hatte eine Kamera in der Hand. "Lehnen sie sich zurück und machen sie ihre Beine breit, so weit sie können". Margitta tat es. Nun konnten Beide voll zwischen ihre weit gespreizten Beine sehen. Ihre dicken geschwollenen Schamlippen traten hervor. Dazwischen war deutlich ihr großer Kitzler zu sehen. Der Alte stand auf, beugte sich herunter und öffnete mit seinen Fingern ihre Schamlippen. "Sie sind ja schon schön feucht" sagte er gepresst und drückte ihr mit seinen Fingern auf ihren Kitzler und begann ihn zu massieren. Margitta begann zu keuchen.

Der Junior war ebenfalls nähergekommen und zoomte mit der Kamera direkt zwischen ihre Beine. Der Alte keuchte nun auch und schob ihr zwei seiner Finger in ihre Scheide. "Wie bekommen sie ihren Orgasmus" fragte er "keuchen und schreien sie dann? Na, wir werden das gleich mal ausprobieren. Sie sind unten schön glattrasiert, da kann man Alles gut sehen. Einen schönen großen Kitzler haben sie". Margitta keuchte, wurde geil und schloß ihre Augen. Dann zog er ihre Bluse oben ab schaute hinein, fasste ihre Brüste an und drückte sie. "Ist Tom noch da?" fragte er seinen Sohn. "Ja" sagte der "der wartet draußen und hat schon vor einer Stunde eine Pille genommen". "Sehr gut" sagte der Alte "dann schauen wir mal, was unsere neue Mitarbeiterin so draufhat. Mach die Kamera scharf. An der schönen großen Fotze da kann er sich richtig austoben, die ist bestimmt schön weit".

Margittas Aufregung wuchs ins unermesslich, ihr Herz klopfte bis in den Hals. Der Junior ging zur

Tür und rief diesen Tom. Margitta öffnete nun ihren Augen und sah, wie ein riesiger Schwarzer durch die Tür kam. "Die Frau ist 46 Jahre alt und geil bis zum Abwinken. Mach sie richtig fertig" sagte der Senior zu dem Schwarzen. "Wir wollen sehen, wie sie reagiert und nehmen das gleich auf. Anschließend bekommt sie ihren Vertrag, oder auch nicht" sagte er. "Was tun sie jetzt mit mir" fragte Margitta ängstlich. "wir tun gar nichts" sagte der Alte und lachte "er wird sie jetzt nach allen Regeln seiner Kunst durchficken und wir nehmen das gleich auf. Machen sie alles so wie er sagt.

Er ist unser bestes Pferd im Stall, im wahrsten Sinne des Wortes" sagte er, deutete auf den riesigen Schwarzen und lachte wieder. "Aber, aber das können sie doch nicht machen" Margittas Stimme zitterte. Margitta sah, wie der Schwarze sich die Lippen leckte als er sie sah und sein Hemd auszog.

"Schöne Frau" sagte er nur. Kräftige Arm- und Beinmuskeln kamen zum Vorschein. Dann zog er seine Hose aus. Margitta holt erschrocken Luft. Sein schwarzer Schwanz war riesig und extrem steif. Er war bestimmt 20 cm lang und 4 cm dick und stand steif von seinem Körper ab, die Vorhaut hatte sich, wegen der Steifheit, schon zurückgeschoben. Die hervorstehende feuchte Eichel war sehr groß. "Schnapp sie dir. Sie ist schon schön feucht, mach sie richtig nass, ich will deutlich hören und sehen wie sie kommt und kein langes Gerede von wegen, ich will nicht.

Wenn sie alles mitmachen bekommen sie ihren Vertrag, sonst nicht, dann haben wir es wenigsten versucht" Margitta schaute ängstlich auf den Schwarzen und sein großes Glied, das wahrlich auch einem Pferd alle Ehre gemacht hätte und ging Schritt für Schritt zurück. Ihr Rock war wieder nach unten gerutscht, das

Höschen lag auf dem Stuhl. Plötzlich stieß sie mit dem Hintern gegen einen Schreibtisch, der dort als Dekoration stand.

"Da bist du schon richtig, Baby" sagte der Schwarze dumpf und bleckte seine weißen Zähne, nahm ihr Höschen vom Stuhl und roch daran. "Hm" machte er "wie das duftet." "Wenn der mit ihnen fertig ist, wollen sie nicht mehr von ihrem Mann gefickt werden" sagte der Alte und lachte. "Lasse für uns noch was übrig Tom. Los geht es, Kamera läuft". Der Schwarze fasste sie in ihre weichen Hüften und zog sie an sich. Dann leckte er mit der Zunge über ihren Hals und küsste sie hart auf den Mund. Seine Zunge zwängte sich durch ihre Lippen bis in ihren Hals. Margitta spürte durch ihren Rock sein extrem steifes Glied und stemmte sich gegen ihn.

Ebenso gut hätte sie sich gegen eine Betonwand stemmen können, es gab keine

Chance. "Wehr dich ruhig, Baby" sagte der Schwarze "das macht sich immer gut". Margitta keuchte laut als er ihr ihre Bluse über den Kopf zog. "Man hast du schöne große Titten" sagte er und öffnete ihr geübt den Verschluss des BHs. Der BH fiel zu Boden und Margittas große Brüste wurden sofort von seinen großen Händen gepresst. Hart massierte er ihre Brustwarzen, die schon steif waren. Ihr Keuchen wurde immer lauter. Sie hatte nicht bemerkt, dass er ihr ihren Rock geöffnet hatte, der nun zu Boden fiel. Er keuchte und nahm ihre Brust in den Mund, hart spürte sie seine Zähne, durch die er immer wieder ihre Brustwarze gleiten ließ. Die andere Brust presste er immer noch hart.

Sein steifes Glied hatte sich zwischen ihre Beine geschoben, sie spürte es deutlich an ihren Schenkeln. Plötzlich wurde sie angehoben und auf den Schreibtisch gesetzt. "Jetzt wollen wir uns mal unsere neue Partnerin anschauen" sagte der Schwarze. Er drückte Margittas Beine weit auseinander, bückte sich und schaut ihr dazwischen. "Schön sind die großen feuchten Schamlippen und dein Kitzler ist spitze" sagte er "Du schleimst ja schon, bist du nun schon richtig schön geil?"

Margitta konnte nicht anders, sie war geil, denn das was er mit ihr machte war einfach zu erregend. Tom sah zwischen ihren Schamlippen weißlich Schleimpolster. Sie keuchte laut. "Komm" sagte er "schau nach unten und schau zu was ich bei dir mache. Wir wollen mal schauen, wie weit du unten wirst, wahrscheinlich sehr weit" sagte er und schob ihr zwei seiner großen Finger in ihre feuchte Scheide. Als er sie in ihrem Unterleib hatte spreizte er sie auseinander und machte ihr Loch weit.

O Gott, dachte Margitta, o Gott, gleich kommt es mir. Die Kamera hatte sie vergessen. Der Schwarze schob ihr seine Finger tief in ihre Scheide, zog sie wieder heraus und schob sie wieder hinein, mit dem Daumen massierte er hart ihren Kitzler. Margitta begann rhythmisch zu schreien. Ihre Schreie wurden immer lauter und abgehackter. Der Schwarze machte hart weiter. "Ja," sagte sie zuerst leise und dann lauter "ja, ja, ja, weiter, ja,". Ihre Schreie gingen in lautes Keuchen über und sie konnte sich nicht länger dagegen wehren, sie kam.

Der Schwarze schaute ihr aufmerksam und geil zwischen ihre Schamlippen und auf ihren Kitzler und sah, wie sich mit ihren lauten Schreien plötzlich ihr großer Kitzler verdickte. Weit lehnte sie sich jetzt zurück und stützte sich mit ihren Armen nach hinten ab. Ihren Unterleib hob sie nun an und streckte ihn dem Schwarzen entgegen. Ihre Augen waren geschlossen ihr

Mund war weit offen. Und dann ließ sie es kommen. Aus ihrem Kitzler schossen nun dreimal, viermal, fünfmal weißlicher Schleim und spritzten auf seine Hand und in sein Gesicht. "Sehr geil" sagte er "sehr geil.

Die spritzt ab, so eine hatte ich schon lange nicht. das versuchen wir gleich noch mal". Margitta genoss noch die letzten Schockwellen des herrlichen Orgasmus, da spürte sie, wie er sie unten erneut weitete. Er versuchte ihr nun vier seiner, von ihrem Schleim feuchten Finger, in ihre Scheide zu schieben, den Daumen drückte er dabei auf ihren Kitzler. Gleichzeitig hob er ihre Beine an und drückte sie weit auseinander.

Margittas Hände verkrampften sich vor Schmerz an den Kanten des Schreibtisches. Laut gelten ihre Schreie durch den Raum. Weit war sie unten geöffnet. Seine große Hand verschwand fast völlig in ihrer großen und nassen Scheide. Sie merkte, wie sie nach so kurzer Zeit schon wiederkam. Schnell bewegte er nun seine große Hand in ihr hin und her. Ihre Schreie wurden wieder abgehackter. "Weiter, weiter" schrie sie. Ihre Brust hatte er hart in seiner anderen Hand. Er keuchte nun auch, denn auch für ihn war das ein scharfes Erlebnis. Margitta ließ wieder ihren Schleim spritzten. So etwas hatte sie noch nie erlebt. Nun legte er sie auf den Schreibtisch, zog sie bis zur Kante, legte sich ihr linkes Bein auf seine Schulter und drückte das rechte ihrer Beine weg.

Dann setzte er sein großes Glied an und schob es ihr erst ganz zart und dann Stück für Stück weiter in ihren Unterleib. Margitta spürte ihn tief in sich. Er begann sie zuerst langsam und dann hart zu stoßen, zog sein Glied bis zur Eichel heraus und stieß dann wieder zu. Margitta schrie und keuchte gleichzeitig und genoss seine harten Stöße. Herrlich, dachte sie herrlich, mach weiter, immer so weiter, o Gott, ich kann nicht mehr aufhören, ist das geil. Die Kamera zoomte zwischen ihre weit geöffneten Beine und machte Großaufnahmen von ihrer weit offenen Scheide und dem stoßenden schwarzen Glied und ihrem Schleim, der laut glitschend an ihren Schenkeln herunterlief.

Der Schwarze stöhnte plötzlich auf und zog seinen Schwanz aus ihr heraus. "Mir kommt es" stöhnte er "los nimm ihn in den Mund". Er zog sie hoch und steckte seinen nassen Schwanz zuerst zwischen ihre großen Brüste und dann in ihren Mund. Margitta nahm sein Glied in die Hand und bewegte ihren Kopf vor und zurück. Seine Feuchtigkeit schmeckte ihr und sie war nun richtig geil. Sie ließ ihre Lippen über seine Eichel gleiten, nahm dann seinen Schwanz wieder tief in den Mund, steckte ihre Zunge in den Schlitz seiner Eichel.

"Ja, ja, mach weiter, so ist es gut, gleich ist es soweit" sagte er und legte den Kopf in den Nacken. Nach einem lauten Grunzen kam es ihm. Margitta hatte seinen Hoden in der Hand und drückte ihn. Sein Samen spritzte aus seiner Eichel in ihren keuchenden Mund und lief ihr am Hals entlang auf ihre Brüste. Immer und immer wieder spritzte er. Sein Samen war weiß und klebrig und duftete nach Mann. Margitta war geil bis zum Abwinken und kannte sich selbst nicht mehr. Nach dem er abgespritzt hatte, ließ sie sich zurücksinken und legte sich, keuchend, auf den Schreibtisch. Ihre Beine waren immer noch weit geöffnet. Der Juniorchef zoomte mit seiner Kamera dazwischen und machte noch ein Paar Großaufnahmen ihrer extremen Feuchtigkeit, ihren geschwollenen Schamlippen und ihrem großen Kitzler.

"Herrlich" sagte er "absolut herrlich". "Du wirst meine Stammpartnerin" sagte der Schwarze keuchend. "Herzlichen Glückwunsch" sagte jetzt der Alte "Ich bin begeistert. Sie sind ein Naturtalent. Sie haben ihren Vertrag. Machen sie sich sauber und dann kommen sie in mein Büro zur Unterschrift." Als Margitta dann bei ihm saß, grinste er sie an. "Na" sagte er "hat das Spass gemacht? Sah so aus als ob". Sie lächelte verlegen, denn sie war, nach langer Zeit, wieder einmal vollständig befriedigt.

Außerdem hatte sie gemerkt, dass ihr die harte Art lag. "Hier" sagte der Alte "unterschreibe den Vertrag". "Eine Bedingung habe ich" sagte sie. "Bedingung, hm, Welche?" fragte er. "Du machst meiner Bekannten, die mich hier empfohlen hat, unmissverständlich klar, dass meine Arbeit draußen niemanden zu interessieren hat". " Darauf kannst du dich felsenfest verlassen" sagte der Senior. Margitta unterschrieb und bekam für ihren ersten Auftritt 8.000 Euro in Bar. "Das nächste Mal machen wir Beide etwas anders" sagte er, bog ihren Kopf zurück und küsste sie auf ihren Mund. Margitta küsste zurück und spürte, dass sie schon wieder geil wurde. "Eigentlich sollte Tom dich noch von hinten ficken, aber Kompliment, du hast seinen Abgang früher herausgefordert als normal. In drei Tage sehen wir uns wieder" sagte er. "freu dich, du hast eine gute Einnahmequelle gefunden".

Voller Gedanken fuhr sie nach Hause. "Na?" fragte ihr Mann "wie ist es gelaufen". "Sehr gut" sagte sie "sehr gut, ich habe meinen Vertrag". Von dem vielen Geld sagte sie nichts. "Und was hast du dort zu tun?" fragte er. "Oh" sagte sie "ich betreue Mitarbeiter, organisiere Events und bin verantwortlich, dass Alles gut läuft". Sie erklärte ihm, dass sie nicht jeden Tag in der Firma sein müsse, weil sie auch Termine außerhalb wahrzunehmen habe, die dann auch über die normale Arbeitszeit hinaus realisiert werden müssen.

Insgeheim war sie so aufgeregt, wenn sie daran dachte, dass sie in drei Tagen neue Aufnahmen machen würde, dass sie schon wieder ihre Feuchtigkeit spürte. Am darauffolgenden Tag hatte sie dann Sex mit ihrem Mann. Es lief ab wie immer. Margittas Herz klopfte zwar, aber Bernd war wieder so schnell fertig, dass sie nichts davon hatte. Als er schon schlief, holte sie sich ihren Orgasmus mit ihren eigenen Fingern. Er war einfach zu phantasielos, dachte sie. Dann kam der nächste Arbeitstag. Margitta war aufgeregt, als sie zum Studio fuhr und konnte nicht klar denken.

Schon unterwegs spürte sie, wie ihre Scheide Saft in Mengen absonderte. Im Studio angekommen war ihr Höschen nass. Begrüßt wurde sie vom Senior, der sich sichtbar freute, sie zu sehen. "Komm mit" sagte er "ich will dir etwas zeigen". Er führte sie in einen Raum, der mit einer Glasscheibe vom angrenzenden Studio getrennt war. "Wir machen deiner Bekannten gerade klar" sagte er "dass sie über die Vorgänge hier und dein Arbeitsverhältnis den Mund zu halten hat". Margitta schaute durch die Scheibe und sah, wie sich Tom, der große Schwarze, Sabine gerade auf seinen großen Schwanz setzte.

Er lag auf dem Rücken, sein Schwanz stand gerade nach oben und nun drang er tief in sie ein. Der Junior, ebenfalls nackt mit stark erigiertem Glied, beugte sich von hinten über sie und schob ihr sein Glied in den Hintern. Margitta sah, wie weit Sabine ihren Mund geöffnet hatte. Offensichtlich keuchte oder schrie sie. Ihre Brustwarzen waren steif. "O Gott"

sagte Margitta "macht ihr das mit mir auch?".
"Nur wenn du es möchtest" sagte der Alte "wir
freuen uns nämlich, dich in unserem Team zu
haben". Dabei streichelte er Margittas schönen
weichen Hintern.

"Dein Rock ist hinten feucht" sagte er "ich
glaube, dass dich der Anblick etwas aufgeilt".
"Oh" sagte sie "das war schon auf der Herfahrt
so". Er fasste ihr von hinten unter ihren Rock und
schob seine Hand zwischen ihre Beine. "Zieh
dein Höschen aus" sagte er und schob ihr ihren
Rock über die Hüften "du bist ganz nass
zwischen deinen Beinen". "Zieh du es mir aus"
sagte Margitta geil und konnte nicht die
Augen von den Vorgängen im Studio lassen.
Der Senior bückte sich und zog ihr das Höschen
aus und hatte sofort seine Finger zwischen ihren
Schamlippen. "Mein Gott" stöhnte er "dir läuft
dein Saft schon an den Schenkeln herunter".

Margitta keuchte und spreizte ihre Beine. "Fass mir schön dazwischen" stöhnte sie. Sie spürte, wie er ihr zwei seiner Finger in ihre Scheide schob und ihren Kitzler massierte. Margitta hatte sich weit nach vorn gebeugt und der Senior schaute sie sich nun von hinten an. Er erfreute sich an ihrem schönen weichen Hintern. Ihre Schamlippen waren nass und dazwischen schaute, als kleines steifes Dreieck, ihr großer Kitzler hervor.

"Du bist eine schöne Frau" stöhnte der Alte. Margitta spürte, wie er seine nassen Finger aus ihrer Scheide zog und ihr nun langsam seinen Mittelfinger in ihren Hintern schob. Sie stöhnte auf, denn noch nie hatte sie ein Mann auf diese Art berührt. Es war ein äußerst geiles Gefühl. "Machs mir doch" bettelte sie. Der Alte machte seine Hose auf, holte sein steifes Glied heraus und begann, nachdem er ihre Feuchtigkeit gründlich zwischen ihren Backen verteilt hatte, sein Glied in ihren Anus zu schieben. Margitta stöhnte auf und spürte, wie er in ihren Darm eindrang, sich immer tiefer in sie hineinschob und zu stoßen begann. Von vorn hatte er seine Hand zwischen ihre Beine geschoben und massierte ihren Kitzler. Margitta stöhnte. "Mach weiter" bettelte sie "mach immer weiter, das ist so ein geiles Gefühl".

Der Senior war zwar noch gut drauf, aber er konnte sich nicht mehr so beherrschen wie in früheren Zeiten. Margitta merkte an seinem Stöhnen und seinen harten Stößen, dass er kam. Schließlich zog er seinen Schwanz aus ihrem Hintern und spritzte seinen Samen zwischen ihre Backen. "Das war gut" sagte er "komm, ich habe etwas feines für dich, damit du auch etwas davon hast". Er ging zu einem Schrank und holte daraus einen großen Dildo.

Dieses Ding war geformt wie ein Männerschwanz, hatte an der Spitze allerdings eine runde Eichel, die so groß war wie eine Kinderfaust. "Komm" sagte er "setz dich dort auf das Sofa". Margitta setzte sich auf die Kante des Sofas und lehnte sich an. Ihre Beine waren gespreizt und ihre Brustwarzen so steif, dass ihre Brüste schmerzten. Er öffnete ihre Bluse, begann ihre großen Brüste zu küssen und zu drücken und schob ihr gleichzeitig den Rock hoch. "Mach doch" sagte sie "mach was du willst, nur mach".

Er drückte ihre Beine auseinander und stöhnte auf, als er die Pracht zwischen ihren Schenkeln sah. Nun begann er sich von ihren Knien an aufwärts zu lecken. Margitta zog ihren Rock ganz hoch, schaute ihm zu und keuchte. Schließlich hatte er ihren großen Kitzler im Mund und steckte ihr die Zunge in ihr Loch. Ihr Saft floss in Strömen. Dann nahm er den großen

Dildo und schob ihn langsam und genussvoll in ihre Scheide. Ihre Schamlippen weiteten sich, ihr Kitzler begann sich über den Dildo zu stülpen und plötzlich verschwand die Kinderfaust große Eichel schmatzend in ihrem weiten Loch.

Margitta hatte ihren Kopf zurückgelehnt, ihr Mund war weit geöffnet, gleichzeitig stöhnte und schrie sie vor geiler Lust. Er schob ihn weit in sie hinein, zog ihn bis zur Eichel wieder heraus, um das Gleiche nochmals zu wiederholen. Ihre Scheide blieb dabei geweitet. "Weiter, weiter, o Gott, weiter" schrie sie und spürte, wie sie kam. In ihrem Unterleib tobten Blitz und Donner. In heißen Wellen kam der Orgasmus. Ihr Kitzler wurde dick und schließlich spritzte ihr Saft mit Druck in sein Gesicht und seinen, vor Anstrengung weit geöffneten und keuchenden Mund. "Du bist wunderbar, du bist ein absolutes Vollweib" stöhnte er und küsste sie stürmisch auf ihren Mund. Sie schmeckte ihren Saft auf seinen Lippen.

Wirst du jetzt zur Schlampe? fragte sie sich später, oder hast du dein Hobby zum Beruf gemacht. Sie entschied sich für das Letztere.

Zeitfracht Medien GmbH
Ferdinand-Jühlke-Straße 7
99095 Erfurt, Deutschland
produktsicherheit@kolibri360.de